folio cadet ▪ prem

D0779992

**Le Petit Nicolas
d'après l'œuvre de René Goscinny
et Jean-Jacques Sempé**

Une série animée adaptée pour la télévision
par Matthieu Delaporte, Alexandre de la
Patellière et Cédric Pilot / Création graphique
de Pascal Valdès / Réalisée par Arnaud Bouron
D'après l'épisode « Marie-Edwige »
écrit par Franck Salomé.
Le Petit Nicolas, les personnages,
les aventures et les éléments caractéristiques
de l'univers du Petit Nicolas sont une création
de René Goscinny et Jean-Jacques Sempé.
Droits de dépôt et d'exploitation de marques
liées à l'univers du Petit Nicolas réservés
à **IMAV EDITIONS**. Le Petit Nicolas® est une
marque verbale et figurative enregistrée.

Maquette : Clément Chassagnard
Le papier de cet ouvrage est composé
de fibres naturelles, renouvelables, recyclables
et fabriquées à partir de bois provenant
de forêts plantées et cultivées expressément
pour la fabrication de la pâte à papier.
Loi n° 49-956 du 16 juillet 1949 sur les
publications destinées à la jeunesse
ISBN : 978-2-07-064493-3
N° d'édition : 238514
Dépôt légal : février 2012
Imprimé en France par I.M.E.

PEFC/10-31-10

Le Petit Nicolas

Les filles, c'est drôlement compliqué !

GALLIMARD JEUNESSE

Le Petit Nicolas
et ses copains

Maman Papa

Nicolas   Alceste   Clotaire   Eudes

La maîtresse Le Bouillon

Louisette Marie-Edwige Geoffroy Agnan

Aujourd'hui, c'est samedi. Nicolas a invité ses copains à prendre le goûter. Alceste, Eudes, Clotaire, Geoffroy, Maixent, Rufus et même Louisette : tous sont venus. Ils vont bien s'amuser !

– Alors, il est où ce goûter ? demande Alceste, en pénétrant dans le jardin. On peut commencer à manger puisqu'on est tous là.

– Euh... pas tout à fait, répond Nicolas.

– Ah bon ? On attend qui ? interroge Geoffroy.

– Marie-Edwige ! annonce Nicolas.

Ses copains le regardent, interloqués.

– Tu as invité une fille ? se moque Clotaire. Mais on ne joue pas avec les filles, nous !

– Ah oui ? Et moi, je suis quoi ? On joue tous les jours ensemble, je te rappelle, se fâche Louisette.

Eudes éclate de rire :

– Ha, ha, ha ! Mais toi, c'est pas pareil, Louisette : tu n'es pas vraiment une fille !

Leur dispute est interrompue par une douce voix :

– Excusez-moi, je suis en retard.

Tous les regards se tournent vers le portail : Marie-Edwige vient de faire son apparition.

– C'est à cause de Chantal, dit la fillette en montrant sa poupée. Elle voulait se faire belle pour vous.

– Ooooh ! soufflent tous les garçons, les yeux rivés sur Marie-Edwige.

– Remettez-vous, les garçons, râle Louisette, un peu jalouse. Ce n'est qu'une poupée !

- Bon, alors, on joue à quoi? lance Eudes, qui commence à s'impatienter.

- On n'a qu'à faire du rodéo, propose Maixent.

- Mais qui fait le cheval? demande Louisette.

- Bah... toi! répond Alceste. Avec ton mauvais caractère, tu serais parfaite en cheval sauvage.

Louisette est de plus en plus fâchée.
Elle s'éloigne pour bouder. Marie-Edwige
la rejoint et lui glisse à l'oreille :
   – Désolée, Louisette, mais tu ne sais
vraiment pas t'y prendre avec les garçons.
Je vais te montrer comment faire.
   À petits pas, Marie-Edwige s'approche.

– Hum... Si on faisait une course de chevaux, plutôt ?

Les garçons n'ont pas l'air convaincus. Le rodéo, ils trouvent ça plus rigolo.

– Oubliez ce que je viens de dire, ajoute alors Marie-Edwige en battant des cils. De toute façon, c'est Eudes qui aurait gagné...

– Eudes ? N'importe quoi ! se vexe aussitôt Alceste. Monte sur mon dos, je vais te montrer de quoi je suis cap' !

– Viens, Louisette, réplique Eudes en se mettant à quatre pattes. On va lui donner une leçon.

Surprise, Louisette monte sur le dos d'Eudes tandis que Marie-Edwige, à califourchon sur Alceste, lui fait un clin d'œil.

Un peu plus tard, Louisette rejoint Marie-Edwige dans la salle de bains. Celle-ci est en train de se recoiffer.

– Pourquoi les garçons font toujours ce que tu dis ? demande Louisette, intriguée.

– Parce que je suis une fille !

– Bah... moi aussi, s'étonne Louisette.

– Oui, mais toi tu ne sais pas utiliser

ce don que nous avons toutes en nous, explique Marie-Edwige.

– Quel don?

– Celui de mener les garçons par le bout du nez! Avec les garçons, il faut savoir jouer de son charme...

– Je veux que tu m'apprennes, la supplie Louisette.

– D'accord. Mais à condition que tu suives mes conseils à la lettre.

– Promis! s'écrie Louisette, en crachant dans sa main.

Marie-Edwige lève les yeux au ciel. Puis elle tend sa poupée à Louisette.

– Qu'est-ce que tu veux que je fasse avec ce truc? s'écrie Louisette. Je ne joue pas à la poupée, moi!

– Si, réplique Marie-Edwige. Et tu vas même te débrouiller pour que les garçons y jouent avec toi : ce sera ton exercice.

Louisette pénètre dans la chambre où Nicolas et ses copains jouent aux bandits.

– Ça vous dirait de jouer à la poupée avec moi ? demande Louisette en essayant d'imiter la voix de Marie-Edwige.

Mais tous les garçons lui rient au nez. Louisette fronce les sourcils, puis reprend, en brandissant la poupée :

– On n'a qu'à dire que Chantal est notre prisonnière et qu'on l'a kidnappée pendant un hold-up !

Tout à coup, les garçons arrêtent de rire puis se regardent, l'air intéressés.

– Bonne idée ! s'écrie Nicolas. Et on va même l'attacher avec de la ficelle pour qu'elle ne s'échappe pas.

À ces mots, Louisette esquisse un petit sourire.

Dans le couloir, Marie-Edwige lève à nouveau les yeux au ciel.

Un peu plus tard, c'est une poupée toute décoiffée que Louisette rend à Marie-Edwige.

– Puisque tu préfères te conduire comme un garçon, je ne peux rien faire pour toi ! soupire Marie-Edwige, découragée.

Au même instant, les garçons sortent de la chambre.

– Tu viens, Louisette ? On va faire un foot dans le jardin ! propose Nicolas.

Louisette réfléchit, puis dit d'une voix décidée :

– Non, je suis une fille, et les filles, ça ne joue pas au foot.

Nicolas est très surpris.

– Bah... qu'est-ce qui t'arrive, Louisette ? C'est nouveau, ça...

– Oui, c'est nouveau ! dit Louisette, en levant le menton d'un air hautain.

Dans le jardin, les filles regardent les garçons jouer au football. Soudain, la balle atterrit entre les pieds de Louisette, mais celle-ci ne la touche même pas. À la place, elle déclare :

– J'ai besoin de quelqu'un de courageux...

– Pour quoi faire ? demandent aussitôt les garçons.

– Pour aller chercher Chantal dans l'arbre, minaude Louisette. Elle s'est accrochée à la branche...

– Mais t'es pas un peu folle dans ta tête ! proteste Nicolas. Tu sais bien que mon père nous interdit de grimper à l'arbre.

– Tant pis ! lâche Louisette. Si vous avez peur...

– Peur ? dit aussitôt Eudes en bombant le torse. Attends, je vais y aller, moi.

– Moi aussi ! crie Geoffroy.

– C'est mon arbre, donc c'est à moi d'aller chercher Chantal ! hurle Nicolas plus fort que les autres.

Et, tandis que les garçons se précipitent vers l'arbre, Louisette esquisse un petit sourire satisfait.

C'est l'heure du goûter. Tous les enfants sont réunis autour de la table où trône un appétissant gâteau au chocolat.

Tous sauf un : la place de Louisette est restée vide.

– Où est Louisette ? demande la mère de Nicolas.

– Je suis là ! fait alors une douce voix depuis le couloir.

Tous les regards se tournent vers la porte du salon où Louisette, une fleur dans les cheveux, vient de faire son entrée. Elle est belle comme une princesse.

– Wouah ! soufflent les garçons.

Marie-Edwige, elle, est un peu agacée.

Nicolas découpe le gâteau et s'apprête à servir Alceste qui lui présente déjà son assiette.

Marie-Edwige toussote.

– Hum... Nicolas, dois-je te rappeler qu'il est plus galant de servir les filles en premier ?

Elle lui tend son assiette.

Nicolas se ravise et soulève la part de gâteau pour la déposer dans l'assiette de Marie-Edwige quand soudain...

– Hum ! toussote à son tour Louisette.

Et elle aussi tend son assiette vers Nicolas.

Celui-ci ne sait plus quoi faire. Tour à tour, il regarde Marie-Edwige, puis Louisette... Les deux filles se défient du regard.

Finalement, il sert Louisette en premier.

Marie-Edwige a l'air de plus en plus furieuse. Elle ne touche même pas à sa part de gâteau.

– Tiens, Alceste, je te donne ma part, déclare-t-elle d'une voix pincée, avant d'ajouter, en jetant un regard moqueur vers Louisette : Je ne mange jamais de chocolat... ça donne des boutons !

Après le goûter, les enfants retournent s'amuser dans le jardin. Enfin, surtout les garçons : Louisette semble s'ennuyer sur la balançoire, tandis que Marie-Edwige rêvasse dans un coin, sa poupée entre les bras.

– Marie-Edwige ! Il est temps de rentrer !

C'est sa mère qui vient la chercher. Marie-Edwige semble ravie de partir !

Nicolas s'approche d'elle pour lui dire au revoir.

– Désolé, on n'a pas beaucoup joué avec toi. Tu as dû t'ennuyer...

– Bien au contraire, dit la fillette. Je me suis énormément amusée.

Perplexe, Nicolas regarde Marie-Edwige trottiner vers le portail. Il se gratte le menton. «C'est drôlement compliqué, les filles...» se dit-il.

Il se tourne vers Louisette :

– Maintenant qu'il n'y a plus de filles, tu risques de t'ennuyer toute seule...

– Bah oui, fait Louisette d'une petite voix.

À contrecœur, elle se dirige lentement vers le portail. Derrière elle, les garçons continuent à s'amuser dans l'herbe.

– Venez, les gars, on va faire une course de roulades ! crie Clotaire.

N'y tenant plus, Louisette fait demi-tour.

– Les roulades, c'est nul. Est-ce que vous savez faire ça ? lance-t-elle.

Et hop ! Louisette se met à marcher sur ses mains. Tous les garçons essaient de l'imiter mais ils se cassent la figure !

Tête en bas et gambettes en l'air, Louisette voit le monde à l'envers.

– Je vais leur montrer, moi, de quoi c'est cap', une vraie fille !

→ **je lis tout seul**

Pour les jeunes apprentis lecteurs
Niveau 2

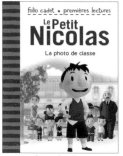

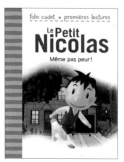

n° 1 *La photo de classe*

n° 2 *Même pas peur !*

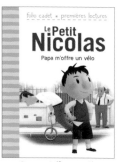

n° 4 *Papa m'offre un vélo*

Retrouve le Petit Nicolas sur le site www.petitnicolas.com